AF450092

Till de som bär sorgen, men också hoppet. Till de som förlorade någon den dagen då världen blev tyst. Till de som frågar, som Drottning Silvia gjorde: *Var tog det fina Sverige vägen?* Svaret finns inte i det förflutna, inte i en bortglömd tid – utan i det vi väljer att bygga, i de händer vi räcker varandra.

Svartån rinner fortfarande, oberörd av människans tragedier, men i dess spegel ser vi oss själva – de vi var, de vi är, och de vi kan bli. Låt oss minnas, men också våga drömma. Låt oss sörja, men aldrig sluta tro på ljuset. För i varje skugga bor en gryning.

Moss Palm

ÖREBRO

Genom tid och trauma – men Svartån rinner
vidare, som den alltid gjort.

En filosofisk och litterär essä

Illustration: Moss Palm
Korrekturläsning: Moss Palm

Förlag: BoD · Books on Demand, Östermalmstorg 1, 114 42 Stockholm,
bod@bod.se
Tryck: Libri Plureos GmbH, Friedensallee 273, 22763 Hamburg, Tyskland

ISBN: 978-91-8080-748-7

Kära läsare,

Det finns städer, och så finns det berättelser. Örebro är båda.

Längs Svartån har liv kommit och gått, drömmar har formats, och tragedier har lämnat sina spår. Staden är äldre än våra namn på den, äldre än våra försök att fånga den i ord. Ändå är det just genom ord vi söker förstå vad som händer oss – vad det innebär att leva, att förlora, att gå vidare.

Den här texten föddes ur en fråga, en fråga som rymmer både sorg och längtan: *"Var tog det fina Sverige vägen?"* En fråga ställd av en drottning, men som ekar i så många hjärtan. Vad händer med ett land, en stad, ett samhälle när det skakas av det ofattbara? Hur bevarar vi det vackra mitt i smärtan? Hur försonas vi med en framtid vi ännu inte förstår?

Jag har inte svaren. Men jag vet att Svartån fortfarande rinner. Genom sekler av förändring har den varit ett tyst vittne till allt – den har sett Örebro födas, växa, förändras. Den har sett oss, och den rinner vidare.

Det här är en filosofisk och litterär essä om Örebro, om tidens gång och om det vi lämnar efter oss. Om människans ankomst, hennes drömmar, hennes ensamhet och hennes förmåga att resa sig. Det är en berättelse om en stad, men också om ett land och en tid vi alla delar.

Vissa sår tar tid att läka, vissa frågor förblir obesvarade. Men mitt i allts förgänglighet finns det något bestående: vi fortsätter.

Vi lever, vi minns, vi hoppas.

Vid pennan,

Moss Palm

ETT

Ursprung – Den tidlösa betraktelsen

I begynnelsen, innan människans fottramp hade satt sina spår i marken, fanns endast ett stilla vakuum där tid inte var något annat än ett oundvikligt vattendrag som långsamt mejslade fram sitt eget spår. Örebro, som vi idag känner det, var då inte en stad, inte ens ett namn. Det var land, sten och vatten – element som vi knappt kan föreställa oss i sin ursprungliga form.

Tänk på hur landskapet såg ut efter istiden, när isarna smälte bort och släppte ifrån sig tunga, steniga rester av sin närvaro. De väldiga inlandsisarna som hade täckt denna del av världen i tusentals år var nu borta, men deras påverkan på jorden var omisskännlig. Svartån, en gång en stilla bäck bland en oändlig vidsträckt tundra, blev något mer: en å som bär med sig minnen av både värme och kyla, av liv och förstörelse. Vattnets flöde berättar om en tid innan mänskligheten, en tid när världen var ung, kaotisk och förunderlig.

Naturen omkring Örebro bar spår av sina egna transformationer, långt innan människan började skapa sin plats där. Träden som vi nu ser stå majestätiskt vid åns kant var bara frön i en tyst, okänd jord, som så småningom växte upp genom årtusenden av stilla förändring. Örebro låg inte på kartan, men var alltid där, under ytan av tidens slöja, redo att ta emot det som skulle komma.

Geologins långsamma och tålmodiga arbete formade dessa landskap, och varje sten, varje dalgång, varje vrå av jorden bär på berättelsen om jordens egen uppväxt. Att se på dessa landskap idag är att i tystnad lyssna till en gammal visdom, en visdom som varken är snabb eller efemär, utan djupt rotad i tidens obevekliga gång. Det är som om marken här andas det förflutna – med varje andetag bär den på minnet av förlorade epoker, förlorade världar, där vatten och is möttes för att forma det som idag är Örebro.

Svartån, detta stilla vattendrag, har sett mer än vi kan föreställa oss. Den har sett hur fjärran sjöar skapades och försvann, hur årtusenden av skog växte upp för att därefter brinna i stillsam, evig cykel. På sina vägar genom landets hjärta bär den på en berättelse som bara naturen förstår. Ån har sett jordens första andetag – och har aldrig själv stannat, utan flödat vidare genom alla tider, genom alla förändringar. En ständig påminnelse om hur obevekligt livet går vidare.

I denna tystnad, där landskapet formades av isens och tidens hand, är människan bara ett flimmer av existens. Vad är vi, om inte en liten stunds medvetande, en kort glimt i åns eviga rörelse? Vad är våra liv i förhållande till denna omätbara tid, denna universella långsamhet?

Det som idag kallas Örebro var, och kommer återigen att vara, något mer än bara en plats för människan. Det är en plats av ursprung, en plats där naturen, med all sin oändliga kraft, har format det vi ser och känner idag. Och i denna formgivning finns en tyst, men oföränderlig visdom: att vi är en del av något större, något som alltid har funnits där, långt innan vi började sätta ord på världen.

Innan människans fot någonsin rörde jorden, innan tanken om städer och gränser ens kunde födas, fanns bara det som var. En oändlig väv av liv och materia, så ofattbar i sin enkelhet att den tycktes obemärkt. Och ändå, i denna osynliga sfär, skedde allt.

Vid ytan av en stilla sjö, någonstans där nuvarande Örebro en dag skulle resa sig, låg ett ensamt blad. Spegelblankt vatten bar upp dess vikt, som om själva naturen hade en hemlig överenskommelse med de små tingen. Bladet svävade i det tunna gränslandet mellan luft och vatten, där ytan var både fast och flytande på samma gång, en bro mellan två element. Små ljusbrytningar lekte längs dess kanter, som om världen försökte minnas något bortglömt genom reflektioner.

Under denna yta, djupt i sjöns klara mörker, fanns andra rörelser. Mikroorganismer, osynliga för blotta ögat, svävade fram genom vattnets oändliga rymd. Deras livscykler var korta, knappt en blinkning i det stora tidsperspektivet, men ändå så fulla av syfte. Deras dans i vattnet var en tyst bön till själva existensen, en evig rörelse som fortsatte långt innan någon betraktare fanns där för att sätta ord på den.

Även stenen, stillsam och tyst i sjöbottnens mörker, bar på sin egen historia. Den hade en gång varit en del av något större, ett berg som långsamt pulvriserats av tidens händer. Genom årtusenden av tryck, kyla och smältande is hade den förvandlats, slipats, blivit till något annat. Ingenting är orörligt. Allt förändras. Även det mest massiva bryts ner till det minsta, och det minsta bygger i sin tur upp något nytt.

Svartån, som skulle bli stadens pulsåder, var redan en levande berättelse i sig själv. Dess vatten, som vid första anblick tycks enhetligt, är i själva verket en orkester av element. Där finns mineraler från urgamla berg, pollen som färdats från avlägsna träd, mikroskopiska varelser som aldrig kommer bli sedda av de som vandrar längs dess stränder. Den rör sig genom landskapet, men aldrig på samma sätt som dagen innan. För även i stillhet sker rörelse, och i rörelse bor tidens oskrivna berättelser.

Att se världen i dess mikroskopiska detalj är att inse dess oändliga djup. Att förstå att en droppe vatten bär på universums hela historia, att varje sandkorn en gång var en klippa, att varje levande varelse är en del av en evig process av skapelse och upplösning. Det är att förstå att Örebro, långt innan det var en stad, redan var en plats – en plats av tyst transformation, av sammanhang och sammanflätning, av det stora som ryms i det lilla.

Långt innan någon fällde ett träd för att bygga ett hem, långt innan någon satte namn på åar och skogar, fanns världen där. Stillheten var inte tom, utan fylld av en tyst rörelse. Tiden flöt genom landskapet utan att någon försökte mäta den, utan att någon bröt den i sekunder, minuter, timmar.

Vad fanns då, i denna värld utan betraktare?

Fanns det en närvaro som såg, som kände, som förstod? Eller var världen en blind process, en orubblig dans av materia och energi, likgiltig inför sin egen existens?

Svartån flöt redan då, men den visste inte att den var en å. Skogarna reste sig, men de kände ingen stolthet. Stenarna, slitna av vind och vatten, bar tyst sin historia utan att behöva en röst. Allt bara var – utan mening, utan mål, utan någon som skulle tolka dess syfte.

Och ändå, finns det inte en känsla av något mer? En närvaro i själva naturen, i vattnets rörelse, i vindens spel över fälten? Något som inte kräver ett namn, inte behöver en röst, men som ändå är där – en stilla, vaken uppmärksamhet, en sorts existentiell medvetenhet inristad i själva tillvaron?

När människan till slut kom hit, var det då för att se något som alltid funnits, eller för att ge det en mening det aldrig hade behövt? Skapade vi världen genom att betrakta den, genom att kalla den vår? Eller var det världen som skapade oss, formade våra tankar och gav oss språket att förstå?

Och om vi en dag försvann, om Örebro återigen blev en plats utan namn, vad skulle då finnas kvar? Skulle ån fortsätta flyta som den alltid gjort, obrydd av våra drömmar? Skulle skogarna växa vilt, omedvetna om att de en gång varit något vi kallade hem?

Eller skulle världen fortfarande minnas oss – i den skugga vi lämnat bakom oss, i de spår vi dragit genom tiden? Skulle vinden viska våra ord, skulle ån sjunga våra drömmar, skulle jorden bära våra steg som en svag, men outplånlig närvaro?

Kanske är det så att människan aldrig var en främling här. Kanske fanns vi alltid, om än i en annan form – som vatten, som sten, som luft. Kanske var det aldrig vi som skapade världen, utan världen som i oss fann en röst att tala med.

TVÅ

Människans ankomst – Kultur och historia

Länge fanns bara naturen. Ån rann genom landskapet, obekymrad, som den alltid gjort. Skogarna växte täta och mörka, djuren rörde sig genom dem utan rädsla för något annat än varandra. Marken var rik men orörd. Ingen hade ännu stannat här för att kalla platsen sin.

Men så kom människan.

De första som slog sig ner vid Svartån visste kanske inte att de gjorde historia. De var inte pionjärer i sitt eget medvetande, inte berättelser att minnas, utan bara människor som sökte det som alla före dem sökt – en plats att leva på, en plats att höra hemma. Och ån, med sitt eviga flöde, var mer än bara vatten. Den var liv.

Vid vattnet kunde de dricka, fiska, färdas. Marken omkring var bördig, skogen full av vilt, och de mjuka höjderna erbjöd skydd mot det okända. Här fanns allt de behövde, en plats där dagen kunde börja och sluta, där barn kunde födas och gamla kunde somna in. En plats där elden kunde brinna, där berättelser kunde viskas i skymningen, där en framtid kunde växa.

Var de medvetna om att de satte ett frö till något större? Tänkte de någonsin att deras enkla boningar en dag skulle ersättas av sten och tegel, att deras stigar skulle bli vägar, att deras lilla värld skulle bli en stad? Eller var de bara närvarande i nuet, bundna till jorden under sina fötter, till doften av regn på löv, till ljudet av vinden genom vassruggarna vid åns kant?

De byggde inte Örebro, inte än. De byggde hem, byar, samhällen. Örebro skulle komma långt senare, när tiden och människan lärt sig att drömma i större skala. Men allt började här, vid ån, där vattnet rörde sig som tiden själv – obevekligt framåt, utan början, utan slut.

Och kanske visste de, innerst inne, att de nu var en del av något större än sig själva. Att de, genom att stanna, genom att sätta spaden i jorden, genom att kalla denna plats sitt hem, blev en del av en berättelse som skulle fortsätta långt efter att de själva var borta. En berättelse som fortfarande pågår.

Staden växte långsamt, som alla städer gör. Det började med en bro över Svartån, en enkel övergång som förband två sidor av världen. En plats där människor möttes, där handel tog form, där livets rörelse samlades. Men där människor samlas, samlas också ambitioner. Och där ambitioner gror, byggs murar.

Örebro blev mer än en samling hus vid en å. Det blev en plats av makt. Slottet reste sig, först som en enkel försvarsanläggning sedan som ett stenfästningens hjärta i stadens mitt. De tjocka murarna bar på ett löfte – här ska trygghet finnas. Men också en varning – här kommer strider utkämpas.

I skuggorna av dessa murar flöt handeln, pulserade genom marknadsplatser och gator av grus. Handelsmän kom och gick, mynten bytte händer, tyger och kryddor från fjärran länder fann sin väg genom gränderna. Men inget var beständigt. Ingenting är någonsin det.

Pesten svepte in som en osynlig fiende, lika tyst som den var skoningslös. Gränder fylldes av viskningar och böner, av rädslan som alltid slår rot när något osynligt hotar det synliga. Kroppar bars bort i gryningen, gatorna rensades men själarna glömdes aldrig. Livets bräcklighet blev uppenbar, och kanske var det just i den bräckligheten som staden fann sin styrka. För Örebro stod kvar. Människor dog, men andra tog deras plats. Hus brann, men nya restes ur askan.

Kriget kom och gick, som krig alltid gör. Arméer marscherade genom gatorna, kungar kom och lämnade, allianser skapades och bröts. Men slottet stod kvar. Staden andades vidare. Historien skrev sina kapitel i blod och sten, men aldrig i tystnad.

Och ändå, mitt i detta kaos av makt och förfall, av liv och död, fanns alltid något annat – vardagen. Barn som sprang genom gränderna, kvinnor som hängde tvätt vid ån, män som lastade varor på vagnar. Staden var aldrig bara en plats för kungar och krigare. Den var alltid också en plats för dem som levde i skuggan av historien, dem vars namn aldrig skrevs ner men vars händer formade det som skulle bli framtiden.

Vad är en stad, om inte en samling liv? Vad är ett slott, om inte ett vittne till tidens gång? Vad är historia, om inte ekon av människor som en gång var?

Örebro fanns, och Örebro förändrades. Men än rann vidare, som den alltid gjort.

Städer formas av sina invånare, men också av tiden. Örebro har varit en plats där liv levts, förändrats och förlorats i hundratals år. Där Svartån en gång slingrade sig genom orörd natur, reste sig så småningom enkla boningar. Människor slog sig ner, odlade jorden, bytte varor vid marknadsplatser, byggde vägar, murar och hus. Livet var på många sätt enklare, men också hårdare. Gemenskapen var en nödvändighet, inte en lyx.

I skuggan av Örebro slott – som i sekler varit ett vittne till rikets maktspel – har staden långsamt förändrats. Handeln blomstrade, gator växte fram, och industrialiseringen förde med sig fabriker och ett nytt tempo i människors vardag. Men oavsett tidsepok fanns en gemensam berättelse, en samhörighet som band samman de som levde här.

Drottning Silvia frågade: *"Var tog det fina Sverige vägen?"* Kanske är det en fråga som många ställer sig i en tid då förändring sker snabbare än vi hinner förstå. Det Sverige som en gång var, den stad som en gång var, existerar bara i minnen och gamla fotografier. Men förändring är oundviklig. Städer dör om de står stilla.

Det vi måste fråga oss är inte om förändring är bra eller dålig, utan vad vi gör med den. Vad förlorar vi, och vad vinner vi? Är Örebro fortfarande en stad där människor känner samhörighet, eller har vi blivit ensamma öar i ett hav av rörelse?

Och om de som levde här för hundra, tvåhundra år sedan kunde se oss nu – vad skulle de säga? Skulle de känna igen något av sig själva i oss? Eller är vi, trots samma gator och samma å, främlingar i vår egen historia?

TRE

Nutiden – Spänningar under ytan

Örebro idag är inte den stad den en gång var. Men den bär fortfarande spåren av det förflutna, som skuggor under gatlyktornas sken. Slottets murar står kvar, men ingen ser dem som en försvarsanläggning längre – de har blivit en kuliss, en symbol snarare än en verklig maktfaktor. Gatorna där handelsmän en gång bjöd ut sina varor ekar nu av en annan typ av utbyte – tjänster, teknologi, idéer.

Människor rör sig genom stadens hjärta, vissa med målmedvetenhet, andra med en stillsam vilsenhet. På Drottninggatan blandas röster och steg, kaffekoppar klirrar i små kaféer där främlingar sitter tätt, men sällan möter varandras blickar. I galleriorna vandrar besökare längs skinande butiksgångar, där varje skyltfönster speglar drömmen om något nytt – ett annat liv, en annan version av sig själv.

Urbaniseringen har dragit sin skugga över staden. Nya byggnader reser sig där gamla hus en gång stod, och med dem kommer löften om utveckling, men också en känsla av att något gått förlorat. Är staden fortfarande densamma när den ständigt byter ansikte? Eller är förändringen dess enda konstanta?

Örebro är en stad av möjligheter, sägs det. Universitetet myllrar av studenter som drömmer om framtiden, industrier och företag växer, nya stadsdelar formas. För vissa är detta en plats att skapa liv, att ta avstamp mot något större. För andra är den bara en station längs vägen, en plats man måste passera men aldrig riktigt hör hemma i.

Men under den blanka ytan finns något annat. En spänning, en känsla av osäkerhet som inte alltid syns men som känns. Kanske i de outtalade orden mellan främlingar på en buss, i de slutna dörrarna längs bostadsgatorna, i nattens tystnad som bara bryts av avlägsna sirener. Det är en stad som bär på kontraster – framsteg och rotlöshet, drömmar och desillusion.

Vad säger en stad om människorna som lever i den? Är den en spegel av deras drömmar, deras rädslor? Är det vi som formar den, eller är det den som formar oss?

Kanske är Örebro varken en stad av möjligheter eller av oro – kanske är den bara en stad, en plats där liv pågår, där historier skapas och förloras, där ån fortfarande flyter, obrydd av allt vi kallar nutid.

Staden är mer uppkopplad än någonsin. Örebro, liksom världen, vibrerar av signaler och skärmar som aldrig slocknar. Information flödar snabbare än Svartån någonsin gjort, ständigt uppdaterad, ständigt i rörelse. Nyheter, notiser, meddelanden – ett konstant brus som tränger sig in mellan människorna, in i deras hem, in i deras tankar.

Men ju mer sammanlänkade vi blir, desto längre ifrån varandra verkar vi stå.

Gatorna är fyllda av rörelse, men det är en rörelse utan ögonkontakt. På bussen stirrar passagerarna ner i sina telefoner, på kaféerna fotograferas kaffekoppar innan de smakas. Samtalen bryts av vibrationer i fickan, och tystnaden som uppstår fylls av en skrollande tumme mot en glasyta. Vi vet mer om världen än någonsin, men vi känner den mindre.

Teknologin har gett oss tillgång till allt – information, underhållning, varandra. Men i denna överflödiga närvaro tycks något annat ha gått förlorat. Vad händer med en människa när varje fråga har ett svar inom sekunder, när inget längre behöver sökas på djupet? Vad händer när vi kan nå varandra när som helst, men ändå känner oss ensammare än förr?

En stad är en plats för möten, men möten sker alltmer genom skärmar istället för vid parkbänkar och torg. Vi delar våra liv i bilder och statusuppdateringar, men vad delar vi egentligen? Upplevelser, eller bara ytan av dem?

Och ändå – vi fortsätter. Vi går genom stadens gator, vi lever våra liv i det uppkopplade flödet. Kanske är detta vår tids kompromiss: en närhet som inte är fysisk, en gemenskap som existerar genom pixlar och signaler.

Men någonstans under all teknologi finns fortfarande människan. Fortfarande finns ett ögonblick när någon lyfter blicken från skärmen och ser en annan människa. Kanske är det i dessa korta ögonblick, i den oplanerade tystnaden mellan notiserna, som vi fortfarande kan hitta något äkta.

Och kanske, trots allt, fortsätter ån att rinna som den alltid gjort – oberörd av signaler och skärmar, oförändrad av den digitala tiden. En påminnelse om att det alltid har funnits något större än oss själva.

En stad är mer än sina byggnader, mer än sina gator och torg. Den är summan av sina människor – deras röster, deras tystnader, deras drömmar. Men vad händer när drömmarna förändras? När gemenskap, en gång självklar, blir något som måste diskuteras, organiseras, till och med försvaras?

Det moderna Örebro speglar en värld i förändring. Det är en stad där ord som "samhörighet" och "vi" lever kvar i berättelserna, men där "jag" har blivit det centrala i vardagen. Individualismen har vuxit sig stark, och med den har vi vunnit frihet, men kanske också förlorat något.

Förr byggde människor samhället tillsammans – bokstavligt och bildligt. Grannar var inte bara människor som råkade bo bredvid varandra; de var en del av ett sammanhang, en trygghet. Idag är dörrarna låsta, och bakom dem lever vi våra liv, uppkopplade men separerade. Vi rör oss genom staden, men hur ofta möter vi varandras blickar? Hur ofta ser vi varandra, på riktigt?

Det finns fortfarande en längtan efter gemenskap – den syns i manifestationer för solidaritet, i projekt för att skapa samhörighet, i nostalgiska berättelser om "hur det en gång var". Men samtidigt finns en trötthet, en känsla av att världen rör sig för snabbt för att någon ska hinna stanna upp. Att alla har fullt upp med sina egna liv, sina egna drömmar, sina egna bekymmer.

Samhällsengagemanget har förändrats. Där det förr krävde närvaro och handling, kan det idag reduceras till en knapptryckning – ett digitalt stöd, en delning, en hashtagg. Men räcker det? Kan vi bygga något beständigt på distans, eller kräver gemenskap något mer än bara en tanke?

Kanske är detta vår tids paradox: vi drömmer om att höra ihop, men vi värderar självständighet över allt annat. Vi vill ha en stad där vi känner oss hemma, men vi har glömt hur man skapar hem tillsammans.

Och ändå, trots allt, fortsätter vi att söka varandra. Kanske i en kort konversation med en främling vid busshållplatsen, i en hjälpsam gest från någon vi inte känner, i en oväntad känsla av samhörighet på en folktät gata.

Kanske finns gemenskapen kvar, någonstans under ytan. Kanske behöver vi bara våga stanna upp och se den.

FYRA

Händelsen – Det svårbegripliga

Det var en dag som alla andra, tills den inte var det längre.

Morgonen kom med samma gråtonade ljus, samma flod av människor på väg genom staden, samma rörelse av liv som inte anade vad som skulle komma. Och sedan – ett ögonblick, ett skifte, en reva i det invanda. När verkligheten vek sig och något främmande trädde in.

Staden höll andan. Ljudet av sirener skar genom luften, mobiltelefonernas skärmar fylldes med meddelanden, oro, ovisshet. På gatorna stod människor stilla, fastfrusna i den märkliga tyngdlösheten som uppstår när något omöjligt har inträffat men ännu inte fått ord. I klassrum, i hem, på arbetsplatser viskades frågor som ingen kunde besvara.

Och så, tystnaden efteråt. Den djupa, oförklarliga tystnaden som infinner sig när något har gått sönder.

En stad förändras när den drabbas av det ofattbara. Det är som om dess konturer ritas om, som om dess gator och byggnader bär en annan skugga än dagen innan. En plats där skratt en gång klingade bär nu ett eko av något annat, något tyngre. Tryggheten, som så ofta tas för given, blir plötsligt något bräckligt, något man måste hålla fast vid med händer som skakar.

Människor samlas. De tänder ljus, lägger ned blommor, står tysta tillsammans. I den delade sorgen finns en sorts ordlös gemenskap, men också en fråga som tycks sväva över dem: Hur kunde detta hända här?

Drottningens ord, uttalade med en sorg som delas av många, ringer genom den kollektiva chocken: *"Var tog det fina Sverige vägen?"*

Det är en fråga utan ett enkelt svar. För det fina Sverige har alltid funnits, men det har också alltid burit på skuggor. Varje generation har sina tragedier, sina ögonblick då något brister. Det är inte första gången en stad stannar i chock, och det kommer inte att vara den sista.

Men vad betyder det att "bygga upp igen"? Vad innebär det att stärka något som känns förlorat? Är det trygghet? Är det gemenskap? Är det att minnas, att lära, att förändras?

Staden fortsätter, för det gör den alltid. Bilar rullar åter längs vägarna, människor återgår till sina vardagar. Men något har lagts till i dess historia, något som aldrig riktigt kommer att lämna den.

Ån rinner vidare, likgiltig för människornas sorg, för deras frågor, för deras försök att förstå. Den har sett allt detta förut, och den vet – det finns inget svar, bara tiden, bara stegen framåt.

Vad driver en människa till att rädda, medan en annan förstör? Vad får någon att sträcka ut en hand, medan en annan sluter sin i en knytnäve? Är det ett val, en linje som korsas, eller är det en långsam urholkning av något som en gång var helt?

Vi talar om det som om det vore enkelt – godhet och ondska, ljus och mörker. Men gränserna är sällan skarpa. De suddas ut i små beslut, i vägar som en gång verkade oskyldiga men som sakta ledde någon bort från det vi kallar mänskligt.

I skuggan av det som skett söker vi svar. Vi letar efter förklaringar, försöker förstå hur någon kunde kliva över den osynliga gränsen, hur en människa kunde förvandla sig till en storm av förstörelse. Men svaret är aldrig enkelt. Är det samhällets skuld? En ensam människas? Ett ögonblick av förlorad kontroll, eller en långsam uppbyggnad av smärta?

Vi föds inte onda, men vi föds heller inte goda. Vi skapar oss själva genom våra handlingar. Varje val vi gör formar oss, varje steg vi tar drar oss antingen närmare varandra eller längre bort. Och ändå lever vi i en tid där det är lättare än någonsin att glida ifrån. Vi är uppkopplade, men mer ensamma än förr. Vi ser varandra genom skärmar men möts allt mer sällan på riktigt.

Dådet på Campus Risbergska rev upp en reva i verkligheten, en spricka som blottade den bräckliga tryggheten vi tagit för given. I den sprickan föddes frågan igen: Vad är vi egentligen kapabla till?

Samtidigt som världen såg in i mörkret, såg den också in i ljuset. Det fanns de som sprang mot faran för att rädda, de som höll om, de som tröstade. Vi är båda sidor av samma mynt – vi har förmågan att förstöra, men också att hela.

Drottningens ord ekade genom sorgen: *"Var tog det fina Sverige vägen?"*

Men kanske är frågan fel ställd. Kanske har det fina Sverige aldrig varit en plats, utan en handling. Kanske finns det kvar i varje val vi gör, i varje bro vi bygger istället för att riva.

Friheten är vår. Vad gör vi med den?

FEM

Avslutning – Efterklangen och det filosofiska lugnet

Tidens gång är obeveklig. I samma stund som vi stannar upp för att förstå, för att bearbeta, så har tiden redan rört sig framåt. För ån rinner vidare. Den bryr sig inte om våra sorgeskrik eller våra frågor, om våra behov av förklaring eller rättvisa. Den rinner vidare, genom samma landskap som den alltid har rört sig genom – bortom människors förståelse, bortom vår förmåga att greppa dess oändlighet.

Örebro, denna stad vid Svartån, står som ett vittne till denna obevekliga rörelse. Vad har vi egentligen lärt oss av allt detta? Vad betyder det att leva vidare, att fortsätta gå framåt när vi vet att vi har fallit? När vi vet att vi har förlorat, att vi har brottats med mörka krafter inom oss själva och i världen omkring oss? Vad betyder det att fortsätta vara människa efter tragedier, efter det ofattbara?

Tiden stannar inte. Den ger oss ingen vila. Vi kan inte hålla kvar den i ett ögonblick, vi kan inte stoppa den med våra händer. Men det vi kan göra – det enda vi kan göra – är att leva vidare. Och kanske handlar det om att förstå att det inte finns någon slutgiltig förklaring, ingen enkel lösning, ingen väg som leder bort från lidandet. Men i denna oförmåga att förstå, att förklara, att få kontroll, finns också en möjlighet. För när vi inte längre kan hålla fast vid det vi förlorat, när vi inser att vi inte kan förstå allting, är vi tvungna att släppa taget. Och i detta släppande, i denna överlåtelse till tidens gång, kanske vi finner en sorts frihet. En frihet i att leva vidare, inte för att förneka det som hänt, utan för att hedra det genom att fortsätta.

Ån vid Örebro – den rinner vidare. Den har sett allt detta förut, och den kommer att se det igen. Den vet att tiden inte stannar. Den vet att vi, människor, försöker hålla fast vid vad vi kan. Men den vet också, att när vi förlorar något, så bär vi det med oss. I våra hjärtan, i våra städer, i våra historier.

Så vad lär vi oss? Vi lär oss att livets gång är mer än våra egna liv, mer än våra egna berättelser. Vi lär oss att vi är en del av något större, en ström av tid som vi inte kan styra, men som vi är en del av. Och i denna ström finns både sorg och hopp, förflutna och framtid. Och precis som ån fortsätter att flyta, fortsätter vi att leva, fastän vi ibland inte förstår varför. Men vi lever, för vi måste. Och på vägen bär vi med oss det vi älskar, de spår vi lämnar, och de spår vi får från de som var här före oss.

I tidens gång finns inte alltid några svar. Men i dess rytm finns en sorts tröst, en sorts lugn. Livet går vidare, och vi är en del av det, för alltid.

Historien är en lång, vindlande å. Den rinner fram genom tiderna, fylld av både glädje och smärta, framsteg och katastrofer. Och medan vi kanske ser oss själva som en del av en unik tid, ett nu som aldrig har funnits förut, finns det något i vår mänskliga natur som gör att vi ständigt återvänder till det förflutna. Vi söker likheterna, vi söker mönstren, vi söker förståelse. För även om vi står mitt i våra egna tragedier, våra egna skuggor, är vi aldrig de första att bära denna börda.

Kanske är det en tröst att förstå att vi har varit här förut. Att människor genom tiderna har stått inför samma mörka avgrund av osäkerhet och förlust, och ändå – de har fortsatt. För i varje tragedi, i varje förlust, finns en lärdom om vår förmåga att resa oss. Historien lär oss att det vi möter är både unikt och evigt, och att vi inte är ensamma i vårt lidande.

Ser vi på världens gång, ser vi hur samhällen har kollapsat och återuppbyggts, hur människor har förlorat och återfunnit hopp, hur vi har krigat och vi har förlåtit. Örebro, som alla städer, bär på sina egna sår och sina egna triumfer. Kanske var det något i den medeltida stadens historia, när den låg i konflikternas centrum, som redan då visade på människans förmåga att överleva, trots alla stormar som härjat. Kanske var det när plågan från pesten svepte över staden som den visade hur vi hittar sätt att återuppbygga även när döden hotar att tysta oss. Eller när industrialiseringen kom, förändrade landskapet och människornas liv, förde med sig både ljus och mörker.

Och när vi blickar framåt, med blickar fyllda av oro för det som ännu är osagt, är det lätt att tänka att vi står inför något okänt och överväldigande. Men kanske finns det också en viss tröst i att förstå att vi, trots allt, inte är de första att känna denna oro. Våra förfäder, våra förlorade generationer, har också kämpat med de svåraste av frågor – vad är vi, vad vill vi, och hur ska vi fortsätta när världen känns som ett oskrivet blad eller en krossad spegel?

Det finns ett lugn i att veta att varje generation bär sin egen last av tragedi och förändring. Och att vi alltid hittar vägar att gå vidare. Vi hittar sätt att komma samman efter krossade drömmar, efter det svårbegripliga. Vi minns det förflutna, inte för att vi ska stanna där, utan för att vi ska bära med oss det som varit – och gå vidare. För även när världen känns osäker, kan vi fortfarande bygga. Och även när ån känns kall, vet vi att vi har badat i den förr.

Det är en påminnelse om att vi inte bara bär våra egna liv på våra axlar, utan hela den mänskliga erfarenheten. Och om vi har överlevt förfärliga tider förut, om vi har funnit vägar att leva vidare när världen omkring oss har föll, då har vi också en grund för att tro på människans förmåga att alltid resa sig, alltid börja om.

Så kanske är svaret på frågan om vad som betyder att leva vidare efter tragedier – att vi har varit här förut. Och vi kommer att fortsätta vara här. Inte för att vi förnekar det förlorade, men för att vi bär med oss de spår som gör oss starkare, klokare och mer medvetna om den gemensamma mänskliga strävan mot att finna ljus i mörkret.

I livets gång är vi alla rörliga, ständigt föränderliga. Vi formas av vad vi ser och upplever, av våra möten med andra, och av de ögonblick som tycks förlora sig i tidens gång, men som ändå lämnar sina spår. Vi lever inte bara våra liv i nuet – vi lever också genom våra minnen, genom de erfarenheter vi bär med oss. Och kanske är det just dessa minnen som definierar oss mest.

I en värld som ständigt förändras, där varje dag för oss längre bort från det vi varit, är det minnet som håller oss förbundna med det som var. Men även om vi förlorar något, som en plats, en tid, en älskad, så lämnar vi alltid något kvar. Varje steg vi tar lämnar ett avtryck, kanske omärkligt för de som kommer efter oss, men det är ett avtryck ändå – en känsla, en handling, ett ord som bärs vidare genom tiderna. Vi är både de vi är och de vi var, och i denna väv av det förflutna, nuet och framtiden, skapas vårt liv.

I Örebro, vid Svartåns stilla flöde, ser vi hur staden bär på sina egna minnen. Stenarna vid åns kant har sett tusentals år passera. De har sett sjöar frysa och smälta, människor födas och dö, och världar byggas upp för att en dag försvinna. Men i dessa förändringar, i denna ständiga rörelse, finns en konstant: det är alltid något som blir kvar. Staden fortsätter, människorna fortsätter – och de lämnar sina spår. De kanske inte alltid syns på ytan, men de finns där, osynliga men ändå närvarande, i allt det vi gör.

Vi är alla en del av denna större väv, av alla de liv som gått före oss och alla de som kommer efter oss. Vi är inte isolerade enskilda individer, utan bär på allt som har hänt – allt som har format oss. Det är kanske den största existentiella insikten: att även om vi förlorar något – och vi förlorar så mycket i livets gång – så lämnar vi något efter oss. Inte nödvändigtvis i form av monument eller stora gärningar, men i små, kanske osynliga avtryck som vi lämnar på andra människor, på de platser vi passerar, på de tankar vi delar.

När vi ser tillbaka på våra liv och ser de tragedier och förluster vi har mött, kan vi ibland känna en känsla av förtvivlan, av att något kanske har gått förlorat för alltid. Men i själva förlusten, i det som tycks vara borta för evigt, ligger också en lärdom: det vi har älskat, det vi har känt, det vi har skapat – de lämnar spår i oss, och i de som vi lämnar efter oss. Det kanske inte alltid är uppenbart, kanske inte alltid synligt, men det är där – i varje gest, varje ord, varje tanke som ekar vidare i världen.

Och kanske är detta den största trösten av alla: att vi, trots allt, inte är så små som vi tror. Vi lämnar spår, och våra spår bär en bit av oss vidare in i framtiden, som tidens gång bär med sig allt det den har sett. Och i detta flöde, där våra minnen och upplevelser formar oss och världen omkring oss, hittar vi ett filosofiskt lugn. Det handlar inte om att förstå eller att kontrollera allt. Det handlar om att förstå att vi, på vårt eget sätt, är en del av något större – en väv av liv som har varit här förut, och som kommer att vara här efter oss.

Så även om vi förlorar, även om vi sörjer, lämnar vi spår efter oss. Och dessa spår är både vår existens och vårt bidrag till det stora, långsamma flödet av livets gång.

Om författaren

Moss Palm är författare och illustratör, uppväxt i en familj där böcker var som gamla vänner och varje berättelse en skatt. Med en djup kärlek till det skrivna ordet och ett arv av kreativitet utforskar Moss existentiella frågor, konst och berättandets kraft. Genom sitt författarskap fördjupar sig Moss i både skönlitteratur och essäistik, där det filosofiska och det litterära vävs samman för att belysa samtidens komplexitet och människans plats i historien.

ÖREBRO – Genom tid och trauma är Moss Palms tredje bok – en filosofisk och litterär essä som väver samman historia, samtid och människans plats i tiden. Debutboken Se mitt värde (2024), en samling konst och poesi, gavs ut inom kategorin Klassiker & lyrik. Därefter följde barnboken Elsa och utomjordingen Zog (2024), en fantasifull berättelse om mötet mellan två världar.

Recension av den engelska versionen av barnboken
Elsa & Zog - A Tale of Friendship Between Worlds
★ ★ ★ ★ ★ ”With beautiful storytelling, Moss Palm weaves a tale that speaks to both children and adults, exploring themes of unity, bravery, and the power of connection. The narrative encourages readers to embrace the unknown and celebrates the idea that friendships can flourish, no matter the distance or differences.”
— Pervaiz, Goodreads

Moss Palm / https://x.com/Moss_Palm

9 789180 807487